월드
이 세 계 식 교 육 에 이 전 트

티처

네코 코이치 지음
Nardack 일러스트
이승원 옮김

9

파라드와 로마니오에서 소동이 벌어지고 며칠 후.

두 사람의 결혼식이 끝나고, 시리우스 일행이 파라드와 로마니오의 마을을 오가며 자유롭게 지내는 가운데, 호쿠토는…….

"멍!"

"오오, 수고 많으십니다. 여전히 빠르시군요."

물 위를 달리며 디네 호수를 가로지른 호쿠토는 파라드의 당주가 맡긴 서류를 로마니오의 당주에게 전해줬다.

"알베리오가 온 후로 저쪽과 교류를 할 일이 많아졌죠. 호쿠토 씨에게는 항상 감사하고 있습니다."

디네 호수를 배로 건너려면 한나절은 걸리기에 편지를 주고받는 데도 상당한 시간이 걸리지만, 호쿠토라면 몇 분 만에 디네 호수를 횡단할 수 있다.

그리고 등에 멘 가방에 들어 있던 편지를 건네준 호쿠토를 수령 확인 도장을 받은 후 다시 디네 호수를 건너가서, 파라드의 당주에게 배달이 끝났다는 것을 보고했다.

"확인했습니다. 오늘은 이게 마지막일 것 같군요. 다음에 또 잘 부탁드리겠습니다."

"멍!"

전설의 늑대에게 어울리지 않는 일이지만, 사실 이것은 호쿠토가 제안한 것이다.

마을은 평화 그 자체이며, 주인인 시리우스는 디네 호수의 식재료를 이용해 새로운 요리를 만드느라 바쁘다. 그래서 호쿠토는 할 일이 없어서 무료했다.

물론 호쿠토는 주인의 곁에 있을 때 가장 행복하지만, 시종인 에밀리아가 주인의 곁을 항상 지키고 있으며, 그냥 가만히 곁에 있기만 해선 방해만 될 것 같았다. 그래서 레우스와 늑대 수인에게 통역을 부탁해 이 일을 시작한 것이다.

하지만 아까 전의 물건 배달은 호쿠토가 맡고 있는 일의 일부이며, 그것 말고도 많은 일을 하고 있다.

"이 자식, 보자 보자 하니까……! 밖으로 나와!"

"시끄러워! 나한테 싸움을 건 걸 후회하고 만들어주마!"

"멍!"

""끄아악?!""

마을 한복판에서 꼴사납게 싸움이 벌어지면, 바로 달려가 앞발 어택을 날려 물리적으로 해결했다. ※기본적으로 양쪽 다 날려버린다.

"좋아~. 전에 이야기했던 것처럼, 이번에는 거물에 대비한 연계훈련을 하자. 호쿠토 씨가 상대를 해줄 거니까, 건성으로 임했다간 바로 당할 거다. 그러니 죽을힘을 다해."

"으르르르릉!!"

"저, 저기, 상대가 너무 센 거 아니에요!? 아무리 발버둥을 쳐

봤자…… 우와아아아앗?!"

마을을 지키는 경비대의 훈련에 참가해서, 적 역할을 맡기도 했다. ※사상자 제로지만, 마음에 상처를 입은 자가 다수 존재.

"하하하. 호쿠토 님의 갈기는 정말 멋지군요."

"너무 아름다워서 부러울 정도예요. 혹시 비결이 있다면 가르쳐주지 않겠어요?"

"멍!"

"으음…… 주인님이 매일같이 빗질을 해주기 때문……이라는군요."

귀족들의 파티에 참가해서 분위기를 띄우기도 했다. ※물론 나비넥타이를 착용.

"자아, 풋내기 모험가들아. 호쿠토 씨의 움직임을 유심히 관찰해라."

"멍!"

"마, 말도 안 돼?! 저렇게 커다란 발톱으로, 마물의 가죽을 이렇게 깔끔하게 벗기다니……!"

신입 모험가의 교육을 위해 마물의 가죽을 벗기는 시범을 보이는 등, 다양한 곳에서 활약하고 있다.

참고로 호쿠토가 이런 일을 하는 이유는 바로…… 주인을 위해서다.

인간인 주인은 백랑(百狼)인 자신은 명백하게 다른 존재이다. 그렇기에 인간들의 생활에 녹아들어 갈 필요가 있는 것이다.

그래서 일을 통해 주위의 신뢰를 얻게 되면, 적어도 주위로부터 차가운 시선을 받지는 않을 것이다.

그리고 종마인 자신의 주인인 시리우스의 평가도 자연스럽게 좋아질 것이며, 주인에게 칭찬을 받을 수도 있다. 그래서 호쿠토는 열심히 일을 하는 것이다.

하지만……

"호쿠토 씨. 신입 모험가의 교육, 수고하셨습니다."

"저기, 호쿠토 씨. 저는 좀 더 공부를 하고 싶어요. 괜찮다면, 제 솜씨를 지켜봐……."

"멍!"

"어? 시간이 됐으니 돌아가겠다니…… 어, 호쿠토 씨?!"

정시(빗질) 시간이 되면, 무조건 귀가하는 점이 옥에 티지만 말이다.

데이트와 구경꾼

레우스와 마리나와 연인 사이가 되고 며칠이 지났다.

이날은 레우스가 피아에게 조언을 받고 마리나에게 데이트를 신청했기에, 우리는 당연한 듯이 두 사람을 미행했다.

"마리나는 알고 있겠지만, 호수에는 연인들이 함께 타는 보트 선착장이 있다는 이야기를 알게 들었어. 우선 거기에 가자."

"그, 그래! 우, 우리는 여여여, 연인⋯⋯인걸!"

레우스는 주위의 시선을 거의 신경 쓰지 않는 편이고, 마리나는 첫 데이트라 긴장한 건지, 등 뒤에 있는 우리를 눈치채지 못했다.

일단 아무 일도 없이 두 사람을 미행하는 건 좋지만⋯⋯.

"정말. 에스코트를 할 때는 손을 맞잡으라고 그렇게 말했는데 말이야. 깜빡한 것 같네."

"마리나도 긴장한 것 같으니까, 지금은 안 그러는 편이 나을 거야. 아⋯⋯ 이거, 맛있어."

"이것도 괜찮군요. 시리우스 님은 음료와 음식 중 뭐부터 드시겠어요?"

"⋯⋯멍!"

어이없다는 눈길로 쳐다보는 이, 노점에서 파는 음식을 잔뜩 들고 있는 이, 내 시중을 드는 이, 그리고 호쿠토⋯⋯ 아무튼 구경꾼인 우리가 더 눈에 띄고 있었다.

뭐…… 다들 즐거워 보이니까, 신경 쓰는 편이 오히려 지는 거겠지.

매우 불가사의한 상황이지만, 우리는 우리 나름대로 즐기면서 저 풋풋한 연인들을 쳐다보았다. 그리고 저 두 사람은 이 마을에 있는 보트 선착장에 도착했다.

"자, 잠깐만! 너무 흔들지…… 아앗?!"

"미안해. 노를 젓는 게 꽤 어렵네. 익숙해질 때까지 나를 잡고 있어."

노를 제대로 못 다룬 바람에 흔들리는 보트에서 마리나가 떨어질 뻔한 순간, 레우스가 반사적으로 그녀를 꼭 끌어안으며 구했다.

"으음…… 저렇게 자연스레 포옹을 하다니, 정말 장래가 걱정되는 애네."

"우물우물…… 에우쁘 따어."

"예, 누나로서 심경이 복잡해요. 시리우스 님. 호수 인근은 바람이 차가우니, 겉옷을…….."

"멍!"

이렇게, 한동안 보트를 즐긴 두 사람은 점심을 먹기 위해 인근의 식당으로 향했다.

하지만 주문한 요리가 나왔는데도, 레우스는 식기를 손에 쥔 채 굳어 있었다.

"왜 그래? 빨리 안 먹으면 식어버릴 거야."

"으음…… 연인들은 보통 이럴 때 서로에게 음식을 먹여준다면서?"

"뭐?! 그게 보통일 리가…… 아, 에밀리아 씨를 보고 자란 레우스에게는…….."

"뭐, 일단 해볼까. 자아, 입 좀 벌려봐."

"우와아아아아……."

마리나는 신음을 흘리기 시작했지만, 딱히 싫은 기색은 보이지 않았다.

"바로 그거야! 저 두 사람에게 부족한 건 적극성이니까, 좀 더 밀어붙여!"

"마리나가 쓰러지지 않으면 좋겠네. 아, 더 주세요."

"하아, 정말. 음식이 흘러내릴 것 같네요. 이럴 때는 정말 어수룩하다니까요. 시리우스 님, 먹여드릴게요."

"멍!"

그런 식으로 데이트는 이어졌고, 해가 지려는 순간…… 드디어 레우스가 행동을 개시했다.

"윽?!"

우왕좌왕하고 있던 마리나의 손을, 레우스가 움켜쥔 것이다.

레우스가 그렇게 남자다운 행동을 취하자, 피아와 리스, 그리고 에밀리아가 환성을 질렀지만…….

"이제야 생각났어."

"으, 응?! 뭐, 뭐가 말이야?"

"데이트를 할 때는 손을 잡아야 한다는 걸 말이야. 방금 피아 누나를 보고 생각났네."

"방금…… 피아 씨를 본 거야?"

"아, 그게 쭉 우리 뒤를……."

"흩어져!"

내 호령에 따라, 다들 사방으로 흩어지며 도망쳤다.

평소 훈련의 성과인지 다들 쏜살같이 철수하자, 얼굴이 새빨 개진 마리나는 복잡한 표정으로 그런 우리를 배웅하듯 쳐다볼 수밖에 없었다.

"으으…… 혹시 처음부터…… 아아아……."

"괜찮아. 마리나도 금방 익숙해질 거야."

"너야말로 너무 쉽게 받아들이는 거 아냐?!"

마리나는 평소처럼 버럭 고함을 질렀지만, 그런데도 손을 놓지 않는 것을 보면 두 사람은 오늘 데이트를 통해 더욱 가까워 진 것 같았다.

욕망을 위해

　내가 에밀리아 씨와 다른 분들에게 마법을 배우기 시작하고 며칠이 흘렀다.

　매일같이 마력이 바닥나 몇 번이나 쓰러질 뻔…… 아니, 너무 무리해서 쓰러진 것도 몇 번이나 있지만, 마법 실력이 쑥쑥 느는 것이 느껴져서 정말 기뻤다.

　"마리나, 오늘은 이 훈련을 할 거예요. 때때로 살펴보기는 할 거지만, 무리하지는 않는 선에서 힘내세요."

　"예."

　기본적으로 에밀리아 씨는 내가 훈련을 할 때 옆에서 지켜봐주지만, 오늘 훈련은 위험하지 않기 때문에 혼자 사기로 했다.

　그리고 이제까지 새로운 훈련을 하면서 마음에 여유가 전혀 없었던 나는 주위를 둘러볼 여유가 생겼다.

　타인의 훈련을 지켜보는 것도 공부가 된다고 들었기에, 나는 얼추 훈련을 마친 후에 휴식을 취하면서 자율 훈련 중인 이들을 둘러보았다.

　"컨디션이 좋아 보이네. 그럼 이번에는 한 번에 네 개를 해봐야지."

　조금 떨어진 곳에 있는 바위 위에 앉아 있는 피아 씨가 조그마한 소용돌이를 몇 개나 만들어내더니, 손가락의 움직임에 맞춰

자유자재로 조작했다.

피아 씨의 영창은 마치 말을 거는 것에 가깝지만, 마법이 순식간에 발동될 뿐만 아니라 위력의 컨트롤이라는 면도 정말 대단했다.

"많으니까, 부수지 않도록 조심해."

한편, 리스 씨는 점심 때 사용한 식기를 인근의 강에서 씻고 있었다.

손으로 씻는 게 아니라, 강의 물로 만든 구슬에 식기를 넣더니, 물 안에서 그것들을 회전시키며 세척하는 복잡한 방식으로 설거지를 하고 있었다.

이걸로 마법 훈련을 겸하는 모양이며, 리스 씨는 집안일을 하면서 수련을 하고 있었다.

나도 리스 씨처럼 마법을 쓰고 싶지만, 저렇게 복잡한 건 무리……

"아, 그러니까 조심하라고 했잖아. 나이아, 좀 갈라줘."

응…… 절대 무리다.

물의 기세가 너무 강해서 강에 빠진 접시를 줍기 위해, 강의 물을 가르며 직접 주우러 가는 마법 같은 건 나한테 절대 무리다.

하지만 에밀리아 씨는 더 엄청난 것을 하고 있었다.

"하앗! 한 번 더!"

에밀리아 씨는 자신의 등에 바람을 불게 해서 공중을 자유자재로 날며, 미리 설치해둔 표적에 나이프와 바람 구슬을 명중시

켰다.

그 실전적인 마법의 사용방식은 참고가 되지만, 진짜 대단한 건 그 후에 펼쳐졌다.

"휴우…… 다음은 자세 유지부터 할까요."

마법 훈련을 마친 에밀리아 씨는 바로 메이드복으로 갈아입더니, 시종으로서의 훈련을 시작했다.

시종의 기본인 자세와 인사의 각도는 물론이고, 머리에 얹은 책을 떨어뜨리지 않으며 뛰어다니는 등, 정말 다양한 훈련을 하고 있었다.

내 생각에, 이 자리에 있는 이들 중에서 가장 노력하고 있는 사람은 에밀리아 씨일 것이다.

마법뿐만 아니라 시종으로서도 노력을 거르지 않는 그 모습은 정말 존경스러웠다.

하지만…… 딱 하나, 영문 모를 훈련을 하고 있었다.

"……또 하고 있네."

극도로 느리게 움직이며, 발소리가 나지 않게 걷는 훈련이다.

시종이니 조용히 움직일 필요가 있다는 것은 알지만, 에밀리아 씨의 움직임은 그야말로 도둑을 연상케 했다.

시종과는 동떨어진 저런 움직임을 왜 훈련하는 건지 감이 오지 않던 나는 휴식을 취하고 있는 피아 씨에게 물어봤다.

"저건 잠이 든 주인을 깨우지 않도록, 극한까지 발소리를 죽이는 훈련이야."

"시리우스 씨는 잠을 방해받는 걸 싫어하는 타입인가요?"

"그게…… 본인은 숨길 생각이 없는 것 같으니 가르쳐줄게. 사실 저 움직임은 시리우스가 잠든 모습을 보기 위해 훈련하는 거야."

"자, 잠든 모습을요?"

에밀리아 씨는 매일 아침에 잠들어 있는 시리우스 씨의 얼굴을 감상하는 것을 좋아하지만, 시리우스 씨는 잠들어 있을 때도 주위의 기척에 민감해서 함부로 다가갔다고 금방 깬다고 한다.

"그래서 시리우스가 잠든 얼굴을 조금이라도 더 보기 위해 저렇게 훈련을 하는 거야. 결국, 욕망이 최고의 원동력이라는 걸까?"

"……기억해둘게요."

실제로 다른 훈련보다 훨씬 열성적으로 임하고 있는 것 같으니, 본받을 부분이 있을 거라는 생각이 들었다.

여담이지만, 그 점에 대해 시리우스 씨에게 물어보기로 했다.

"그래. 알고는 있지만, 에밀리아가 최선을 다하고 있으니 마음대로 하게 두고 있어. 하지만…… 에밀리아는 내가 기척을 감지할 수 없을 정도로 능숙해졌지만, 내 얼굴을 보고 흥분하는 바람에 금방 들키고 말지."

완벽한 여성이라 생각했지만, 역시 에밀리아 씨도 소녀……인 것 같았다.

오빠로서

"정말! 그 녀석은 정말 내 마음을 몰라준다니깐……."

파멜라와의 결혼을 이틀 앞둔 날…… 내가 방에서 밤늦게까지 공부를 하고 있을 때, 여동생인 마리나가 삐친 듯한 표정을 지으며 나를 찾아왔다.

아까 레우스에게 할 이야기가 있다며 방을 나섰는데, 표정을 보아하니 말다툼이라도 한 걸까?

"이번에는 또 무슨 소리를 한 거야?"

"……아무 말도 안 했어요."

"뭐…… 중요한 이야기가 있었던 것 아니었어? 혹시 아무 말도 안 하고 돌아온 거야?"

"그, 그게, 그 녀석 주위에 사람들이 엄청 몰려 있어서……."

내 여동생은 드디어 레우스를 향한 자신의 마음을 인정했지만, 이 마을을 구한 영웅인 그에게는 항상 많은 여성들이 몰려들었다.

그중에는 레우스의 마음 같은 건 전혀 개의치 않으며 애정공세를 펼치는 여성도 있으며, 마리나는 그런 상황을 보고 움츠러든 것 같았다.

혹은 여성들에게 구애를 받고 있는 레우스를 보고 질투심을 느낀 걸지도 모른다.

"그는 간단히 유혹에 넘어갈 남자가 아냐. 그건 마리나도 알고 있잖아?"

"……응."

예전 같으면 상상도 할 수 없었던 여동생의 모습을 본 나는 무심코 미소를 머금었다.

좋은 의미에서 여동생을 성장한 이상, 레우스가 그 책임을 졌으면 한다. 하지만 연애에 관해서는 매우 둔감한 그 녀석이 먼저 고백을 하게 만드는 것은 어려울 것 같았다.

내가 끼어드는 것도 좀 그럴 테니, 역시 마리나가 고백을 하는 편이 좋으리라.

"잘 들어, 마리나. 여러모로 어렵겠지만, 너의 마음을 레우스에게 전하는 거야. 적어도 레우스는 너를 좋아할 거야."

"좋아하기는 해도, 이성으로 좋아하는 건 아닐 거예요."

"레우스라면 그럴지도 모르지만, 나는 그렇게 생각하지 않아."

사부님의 혹독한 훈련, 그리고 생사가 걸린 위험한 싸움을 함께 헤쳐온 나는 안다. 레우스는 마리나를 특별한 존재라 여기고 있다.

괜한 참견일지도 모르지만, 아무래도 등을 좀 밀어주는 편이 좋겠지.

"잘 생각해보면, 레우스를 노리는 여성은 앞으로 더 늘어나겠지. 검술 실력뿐만 아니라 약자를 내버려 두지 못하는 저 올곧고 상냥한 성격을 생각하면, 그에게 끌리는 여성도 더 늘어날

거야.”

“아…….”

“하지만, 그런 남자에게서 아름답다는 말을 들은 사람이 바로 마리나…… 너야.”

처음 만났을 때와 다르게, 레우스의 성격을 안 지금이라면 마리나도 그때 그가 한 말이 얼마나 큰 의미를 지니고 있는지 이해할 수 있을 것이다.

아마 처음 만났을 때, 레우스는 너에게 한눈에 반했을 것이다. 유감스럽게도 레우스는 그것을 자각하지 못한 것 같지만 말이다.

“그리고 너에 대해 알고도, 레우스는 변함없이…… 아니, 전보다 더 가깝게 대해주지?”

“저와 친하게 지내는 건, 제가 오라버니의 동생이기 때문이 아닐까요?”

“불안 때문에 나쁜 쪽으로 생각하는 건 이해하지만, 나를 이유로 삼으면 안 돼.”

그만큼 이 애는 레우스를 마음에 품고 있으며, 지금 관계가 무너지는 것을 두려워하는 것이리라.

사랑은 힘이 될 때도 있지만, 마음을 약하게 만들기도 한다.

어찌 됐든 이대로는 후회만이 남을 것이기에, 여동생이 용기를 내줬으면 한다.

“아직 마음을 다잡을 수 없다면, 내 결혼식 후에 열리는 댄스

때 같이 춤추자는 말을 해보는 게 어때? 너라면 레우스도 거절하지 않을 테고, 같이 춤을 추다 보면 서로의 마음을 확인할 수 있을지도 모르지."

"댄스…… 레우스가 춤을 출 줄 알까?"

"배우기는 했지만, 경험이 거의 없어서 불안해하더군. 당일에는 네가 리드를 해주는 게 어때?"

"……그래. 나도 그 애에게 가르쳐줄 게 있다면, 한 번 해봐야지……."

다시 자신감을 되찾은 건지, 의욕에 찬 미소를 머금은 마리나가 댄스 연습을 하기 위해 이 방을 나섰다.

그런 여동생을 배웅한 후, 창밖의 밤하늘을 올려다본 나는 지금쯤 여성들에게 둘러싸여 고생하고 있을 절친을 상상하면서 천천히 눈을 감았다.

레우스…… 못난 구석이 많은 여동생이지만, 너라면 마음 놓고 맡길 수 있어.

"그러니까, 받아줘. 너를 사랑하는 마리나의 마음을……."

두 사람이 맺어지기를 진심으로 소망하며, 나는 사랑하는 여성의 곁으로 향했다.

혼에 새겨진 모습

알베리오가 그루지오프 토벌을 위한 훈련을 시작하고 며칠 후……

오늘도 남자 둘의 단말마가 산에 울려 퍼지는 가운데, 마리나는 에밀리아에게서 마법에 관한 다양한 훈련을 받고 있었다.

그중 하나가 '크리에이트' 마법이 새겨진 마석을 이용해, 자신이 상상한 것을 흙으로 만들어내는 훈련이며, 마리나는 오늘 그것을 했다.

처음 시작했을 때는 조악한 형태의 인형만 만들어졌지만, 현재 마리나는 능숙하게 인형을 만들어냈다.

"요령을 파악한 것 같군요."

"저도 최선을 다하고 있으니까요!"

환영을 만드는 능력을 지녔기 때문인지, 마리나는 이런 훈련에 금방 능숙해졌다.

눈앞의 흙이 그녀의 허리 높이까지 솟구치더니, 마리나의 오빠인 알베리오와 똑같은 모습으로 완성됐다. 그리고 에밀리아는 그 모습을 보더니 감탄하며 고개를 끄덕였다.

"그럼 다음 단계로 넘어가죠. 작아도 상관없으니, 이번에는 두 개를 동시에 만들어보세요."

"만드는 인형은 똑같은 모습이라도 상관없나요?"

"언젠가는 다른 인형을 만들게 하겠지만, 지금은 똑같은 거라도 상관없어요. 저도 인형을 만들고 있을 테니, 다 만들면 말을 걸어주세요."

"에밀리아 씨도 만들 건가요?"

"예. 지금 수준에서 만족했다간 시리우스 님에게 뒤처지고 말 테고, 그분의 시종으로서 자율훈련을 거를 수는 없으니까요."

마리나는 지금까지 마음에 여유가 없었지만, 지금은 야주 약간 생겼다.

숨을 가다듬으면서 주위를 둘러보니, 에밀리아만이 아니라 리스와 피아도 자율적으로 훈련을 하고 있었다.

"……강한 게 당연하네요."

그녀들과 자신의 실력 차이가 어느 정도인지 상상하고 싶지 않지만, 마리나는 자기가 성장하고 있다는 것을 실감할 수 있었어 기뻤다.

게다가 오빠의 힘이 되기 위해서라도 단련을 해야 하는 만큼, 마리나는 최선을 다하자고 생각하며 다시 기합을 넣었다.

잠시 후, 마리나는 꽤 고생하기는 했지만 인형 두 개를 동시에 만들어냈다.

약간 어설픈 부분이 있기는 했지만, 마리나는 만족을 하면서 에밀리아에게 보고를 하려고 돌아보니…….

"에밀리아 씨, 완성……."

"머리카락의 각도가 좀……."

어떤 물건이 눈에 들어온 탓에 입을 다물 수가 없었다.

그것도 그럴 것이, 에밀리아의 눈앞에는 압도적인 존재감을 자아내는 실물 크기 시리우스 인형이 있었던 것이다. 몸의 밸런스, 표정, 전부 진짜와 똑같았다. 그야말로 금방이라도 움직일 것만 같아 보였다.

말문이 막힌 채 그 예술품을 멍하니 쳐다보던 마리나에게, 훈련을 마친 리스와 피아가 쓴웃음을 지으며 다가갔다.

"아…… 또 만들었네."

"또…… 저렇게 멋진 인형을 몇 번이나 만든 건가요?"

"응. 전부 시리우스 씨의 모습을 한 인형이었지만 말이야."

"참고로 만들 때마다 완성도가 상승하는데, 때때로 이상한 방향으로 폭주해. 지난번에 만든 건, 공주님 안기를 해주는 인형이었을걸?"

"안겼다가 떨어져서 등을 찧었잖아."

에밀리아는 그 인형을 만들자마자 그대로 안겼는데, 인형의 팔이 부러지면서 그대로 바닥에 떨어진 것 같았다.

에밀리아는 시종으로서 완벽한 여성이라 여기던 마리나는 그녀가 인형 앞에서 찧은 등을 문지르고 있는 광경을 상상할 수가 없었다. 적어도, 그녀가 품고 있는 에밀리아의 이미지에 금이 간 것은 확실했다.

"그래도 이제 질린 건지 평범한 인형을 만들었네."

"하지만, 뭔가가 부족한 것 같지 않아?"

그렇다……. 진짜와 유일한 차이점은 인형 시리우스는 상반신에 얇은 셔츠 한 장만 걸쳤다는 점이다.

세 사람이 고개를 갸웃거리는 사이에 인형을 완성시킨 에밀리아는 고개를 끄덕이며 마차로 향하더니, 옷을 몇 벌 가지고 돌아왔다.

그리고 에밀리아는…….

"우후후…… 평소의 파란색 옷도 좋지만, 시리우스 님에게는 정열적인 빨간색도 어울리는군요."

"""…………."""

가지고 온 옷을 시리우스 인형에게 입혔다.

말로 형용하기 힘든 표정을 짓고 있는 세 사람의 시선을 눈치챈 건지, 에밀리아는 진지한 표정으로 그녀들을 돌아보며 말했다.

"이것은 시종으로서, 주인을 멋지게 꾸며드리기 위한 훈련이랍니다. 즉, 눈을 단련하고 있는 거죠."

에밀리아가 하는 말이 어떤 의미인지 이해가 안 되는 것은 아니다.

하지만, 행복한 표정으로 옷을 고르는 모습을 보니, 그냥 자기가 즐기고 있는 게 아닐까…… 하는 생각이 세 사람의 머릿속을 스쳤다.

World Teacher 9
©2018 by Koichi Neko
First published in Japan in 2018 by OVERLAP, Inc.
Korean translation rights reserved by Somy Media, Inc.
Under the license from OVERLAP, Inc., Tokyo JAPAN

월드 티처 이세계식 교육 에이전트 **9** 초판 한정 소책자

2019년 5월 8일 1판 1쇄 인쇄
2019년 5월 15일 1판 1쇄 발행

저　　　자 네코 코이치
일 러 스 트 Nardack
옮 긴 이 이승원
발 행 인 유재옥
본 부 장 조병권
담당편집자 김민지
편집 1팀 정영길 김민지 이성호 조찬희
편집 2팀 김다솜
편집 3팀 박상섭 김효연
라이츠담당 박선희 오유진
디 지 털 최민성 박지혜
발 행 처 ㈜소미미디어
인쇄제작처 코리아피앤피
등　　　록 제2015-000008호
주　　　소 서울시 마포구 토정로 222, 403호 (신수동, 한국출판콘텐츠센터)
판　　　매 ㈜소미미디어
마 케 팅 한민지 한주원
물　　　류 허석용 최태욱
전　　　화 편집부 (070)4164-3962, 3963 기획실 (02)567-3388
　　　　　　판매 및 마케팅 (02)567-3388, Fax (02)322-7665

ISBN 979-11-6389-499-5 04830
ISBN 979-11-5710-074-3 (세트)